행복이 번지는 곳

크로아티아

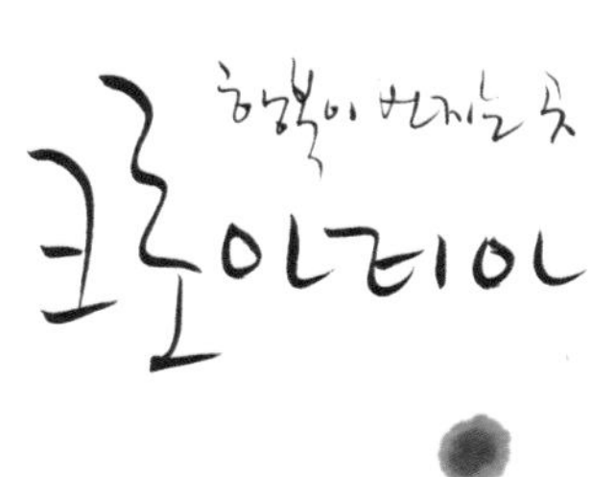

백승선, 변혜정 찍고 쓰다

가치창조 LB

겨울이 번져 봄이 되고
봄이 번져 여름이 되고
여름이 번져 가을이 되고
가을이 번져 겨울이 된다.

둥글게 둥글게…
지구가 둥글듯이…
당신 눈동자가 둥글듯이…
여기, 행복이 번지는 곳
크로아티아…

여행은 추억을 만드는 일이다.
추억을 빚는 일이다.
타자와 자아 간의 교류.
말을 섞지 않아도, 인사를 하지 않아도
골목 하나를 돌면 또 마주치는 그들.
그저 반가운 얼굴이 되어 버리는, 낯설었던 그들.
저기 어디쯤 골목이 꺾이는 곳에서
또 누군가를 만날까, 가슴이 쿵쿵거린다.

차례

다시 여정을 떠나면서 나는 겸허해진다.
새로운 세상을 볼 기회가 주어진 것에 감사한다.

비행기 안에서 내려다보는 세상은, 여일하다.
8할이 창공이고 2할이 구름인 세상.
저 아래 바닷가를 휘돌아 길게 뻗은 해안가 마을 어디쯤에서
지붕이 예쁜 집 한 채 얻어 살고 싶다.

하루에 두 시간씩 취침하기를 연 며칠째.
극도로 쇠약해진 상태에서
수면유도제까지 사들고 비행기에 올랐으나
나는 그만 잠들고 싶은 생각이 없어졌다.
외려 잠들고 싶지 않다.

자그레브
플리트비체
스플리트

크로아티아

크로아티아는 아드리아해의 북동 해안에 위치해 있다. 구유고슬라비아 사회주의 연방 공화국의 6개의 공화국 중 하나였으며 1991년 6월 독립하였다. 북으로는 슬로베니아와 헝가리, 동으로는 유고슬라비아, 남쪽과 동쪽으로는 보스니아-헤르체고비나와 국경을 이루고 있다.

길이 1778km에 이르는 아드리아 해변은 가장 인기 있는 관광지역이며 여러 곳이 세계문화유산으로 지정되어 있다.

5월에서 9월이 크로아티아를 방문하기에 기후가 좋은 계절이며, 7월과 8월이 최고의 성수기다.

면적 : 58,540 평방km(한반도의 약 1/4)
인구 : 470만명
수도 : 자그레브(Zagreb)
통화 : 크로아티아 쿠나(kuna)
공식 언어 : 크로아티아어
종교 : 가톨릭, 세르비아 정교 등
시차 : -7시간

Dubrovnik

견고한 성벽 아래 물빛 도시

두브로브니크

크로아티아의 최남단에 위치한 아드리아해의 대표적인 휴양도시로, '진정한 낙원'이라고 불린다. 구시가지 전체가 세계문화유산으로 지정되어 있다.

특히 13~16세기에 만들어진 높이 25m, 길이 2km에 이르는 두브로브니크시의 성벽은 아직도 원형을 유지하고 있는데, 성벽을 따라 걸으며 보는 풍경으로 유명하다.

구시가지에는 고딕양식과 르네상스 양식, 그리고 바로크 양식까지 다양한 건물들을 볼 수 있어 마치 거대한 박물관 같은 아름답고 낭만적인 도시다.

필레
게이트
프란체스코
수도원
플라차 대로
큰 오노프리오 샘
노브리예나체 요새

두브로브니크 구시가
Dubrovnik Old Town
도미니카 수도원
해변
스폰자 궁전
구항구
종탑
롤랑의 기둥
시청
성 블라이세 성당
렉터궁
대성당
카페
성 이그나티우스 성당
바닷가 카페

크로아티아의 최남단, 두브로브니크.

해안가 절벽 도로를 달려 두브로브니크를 간다. 두브로브니크행 버스를 탄다면 반드시 오른쪽에 앉을 것. 왼쪽으로는 석회질의 밍밍한 산이, 오른쪽으로는 햇살을 받아 보석처럼 반짝이는 아드리아해가 펼쳐진다. 만약 두브로브니크에서 스플리트나 자그레브를 가는 여정이라면 방향 또한 반대가 되겠지. 절벽 위 2차선 도로를, 대형버스가 속도도 높이지 못한 채 아슬아슬하게 달린다.

크로아티아의 버스는 반드시 기사와 차장이 동승한다. 기사가 운전할 때, 차장은 짐칸을 관리하고 돈을 받고 승객들의 자리를 점검한다. 절반 정도 이동한 후에는 기사와 차장이 교대를 한다. 기사는 차장이 되고, 차장은 기사가 된다. 기본 이동 시간이 길기 때문에, 이렇게 두 사람이 교대로 운전하는 시스템은, 승객 입장에서 안심도 되고 합리적으로 보였다.

스플리트에서 두브로브니크까지 가는 사이에, 보스니아와의 접경 지대를 지난다. 아니, 보스니아 땅을 지난다. 약 15km 되는 구간이 보스니아의 영토이기 때문에 그 지점이 되면 보스니아 경찰이 버스에 올라 승객들의 여권을 검사한다. 아직 내전의 상흔을 지니고 있는 땅인 것이다. 어디서나 여권을 내밀고 그것을 검사받는 동안에 마음이 편했던 적이 없다. 죄지은 것도 아닌데, 마냥 위축이 된다. 더군다나, 동구권 보스니아의 경찰이라니… 그러나, 움츠러든 내 마음과는 상관없이, 친절한 그는 가져갔던 내 여권을 다시 내밀며 슬몃 미소를 지어보였다. 미소짓는 그의 어깨에, 저물어가는 햇살 한 줄이 소리없이 내려앉았다.

참 쉽다.
카메라 하나 들고 배낭 하나 메고 훌쩍 국경을 넘는다.
지도상의 그 가느다란 '선' 을 넓히기 위해
누군가는 가족을 잃고 누군가는 눈물을 흘려야 했을 터.
진실을 밝히고 다시 세우는 일이 지금도 끝나지 않은 곳.

아픈 역사를 간직하고 있는 땅에서
가장 슬픈 국경을 너무도 쉽게 넘는다.

Duilovo

스플리트에서 두브로브니크를 가는 동안, 버스는 세 번을 멈추어섰다. 그리고 15분 정도씩 휴식을 취한 후 다시 출발하였다. 새로운 버스가 한 대 멈추어설 때마다 적막했던 간이 휴게소가 북적인다. 세 번째 들렀던 간이 휴게소가 있는 마을이 인상깊었다. 내 짐을 모두 내리고 그 마을에서 살고 싶어졌다. 아니, 맨 몸으로라도 그 마을 한 귀퉁이에 숨붙이고 살고 싶었다. 공기인 듯 물인 듯 나무인 듯, 자연스레 그 속에 섞여 살고 싶었다.

언젠가 당신이 날 찾아 그곳에 와 주기를 기다리며…

언젠가 당신이 그곳에서 나를 발견해주기를 기다리며…

Dubrovnik
Imotica
ULJARA
OPOLO

아드리아해의 옥빛 바다 위에 걸린 다리를 건너면
그 곳이 바로 아드리아의 보석이라 불리는 곳
두브로브니크다.

Franjo Tudjam Bridge

두브로브니크 여행의 시작점인 필레 게이트는
수많은 사람이 들고나는 문이다.

가볼 만한 여행지를 알려주는 매체는 세상에 널렸다.
하지만 꼭 '그 곳' 에 가야만 하는 이유를 듣기란 쉽지 않다.

이 필레 게이트를 통과하는 순간
당신은, 당신이 꼭 '그 곳' 에 갔어야만 했던 이유를
알게 될 것이다.

필레 게이트
올드 타운으로 들어가는 입구.
입구 위 벽면에는 두브로브니크의 수호성인인
성 블라이세의 조각상이 자리잡고 있다.

1460년에 만들어진 오래된 문을 지나면
큰 오노프리오 샘이 보인다.

여행은
돈이 많다고 떠날 수 있는 것도 아니며
돈이 없다고 떠날 수 없는 것도 아니다.
시간이 많다고 떠날 수 있는 것도 아니며
시간이 없다고 떠날 수 없는 것도 아니다.

아무리 좋은 곳이 있다 한들
아무리 돈과 시간이 넘쳐난다 한들
내가 내키지 않으면, 내가 가고자 하지 않으면 갈 수 없다.

INFORMATION
ACCOMMODATION
EXCURSION

CENTER

1438년 이탈리아의 유명한 건축가 오노프리오가 설계했다는 이 샘은, 수백년에 걸쳐 사람들의 목을 축이고 삶을 연장하게 하는 근원이 되었다.
지금은, 여행자들의 쉼터가 되어 있지만
여전히… 샘에서 물은 솟는다….

큰 오노프리오 샘
1438년 수도사업 완공기념으로 만든 우물.
각기 다른 얼굴을 한 16개의 물구멍이 있다.

OLD TOWN

과거의 흔적이 남아있는 낡은 도시에서 살아가는 사람들.

그들을 통해 오래전부터 이어져 온 옛 이야기를 듣는다.

오늘의 이야기도 함께 듣는다.

Festival
Plavca
malog

삶과 역사가 공존하는 축제의 장소.
대리석으로 만든 플라차 거리는 잘 익은 사과처럼
반들반들 윤이 난다.
납작한 운동화 끝으로 괜히 한 번 더 문질러본다.
당신과 나의 발자국으로 오래된 거리에 윤기를 더한다.

플라차 대로
구시가의 중심거리로, 거리 양 옆으로는
카페 및 상점이 늘어서 있다.

59

안녕!

난 올드타운에서 살아.
난 이곳이 좋아.
난 이곳을 사랑해.
나의 부모와 형제가 살고 있는
이곳은 나의 고향이야.

누구라도 '행복' 을 담아가는
이곳은 두브로브니크야.

사람들이 좋아하는 이른바 '맛집'은 어디에나 존재하기 마련.
두브로브니크에도 소문난 맛집이 한 군데 있다길래 찾아갔다. 여행지에서는 늘 대충 끼니를 때우곤 하는데, 시장에서 본 싱싱한 해산물이 들어있는 음식이 먹고 싶어졌고, 그 해산물이 아드리아해에서 길어올린 것이리라는 데 생각이 미치자 제대로 된 식사를 해야 할 것만 같았다.
플라차 거리 양쪽으로는 무수히 많은 골목이 있다. 소문난 맛집이 그 골목 중 하나에 위치해 있었다.
해산물 리조또. 탱글탱글한 쌀알들 사이로 깊은 바다의 냄새가 난다. 아드리아해의 냄새가 난다. 가난한 영혼이 일용할 양식으로 충만해진다.

밥값을 계산할 차례였다. 자신있게 신용카드를 내밀었으나 진원지를 알 수 없는 오류로 결제가 이루어지지 않았다. 환전했던 쿠나는 어느새 동전 몇 닢 뿐. 낭패였다. 할 수 없이, 아껴두었던 유로로 계산해야 했다. 두브로브니크는 관광객들이 많이 찾는 곳이라서, 대부분의 일반 상점에서 유로로 계산을 할 수 있다.
그런데 밥값으로 104쿠나를 계산하기 위해 20유로를 내민 나에게 주인 아저씨가 거슬러준 돈은 170쿠나였다. 식사 시간이라 손님들이 밀려드는 탓에 황급히 계산하고 나와야 했던 나는 거스름돈을 세어 보지도 않고 지갑 안에 쑤셔 넣었다.
나중에야 알았다. 거스름돈을 넘치게 받았다는 사실을. 유로를 사용하는 것도 어설프고, 크로아티아 쿠나를 사용하는 것은 더욱 어설펐던 내가, 말하자면 20유로를 내고 24유로를 돌려받은 셈이었다. 우리나라였다면, 내 것이 아닌 것을 가지고 있다 하여 '점유이탈물 횡령죄' 라는 이름도 어마어마한 죄를 지은 셈이었을 터.
그날 밤, 두브로브니크를 떠나오면서, 서글서글한 눈매에 앙증맞은 앞치마가 잘 어울렸던 식당 아저씨가 계속 생각이 났다. 장사가 워낙 잘 되는 곳이니, 내가 거스름돈 몇 푼 더 받았다고 망하거나 치명타를 입지는 않겠지만 어쩐지 큰 빚을 진 느낌이 들었다. 그래, 나는 두브로브니크에 빚을 지고 왔다. 그러니, 언제고 다시 빚을 갚으러 두브로브니크에 가야 할 것이다.

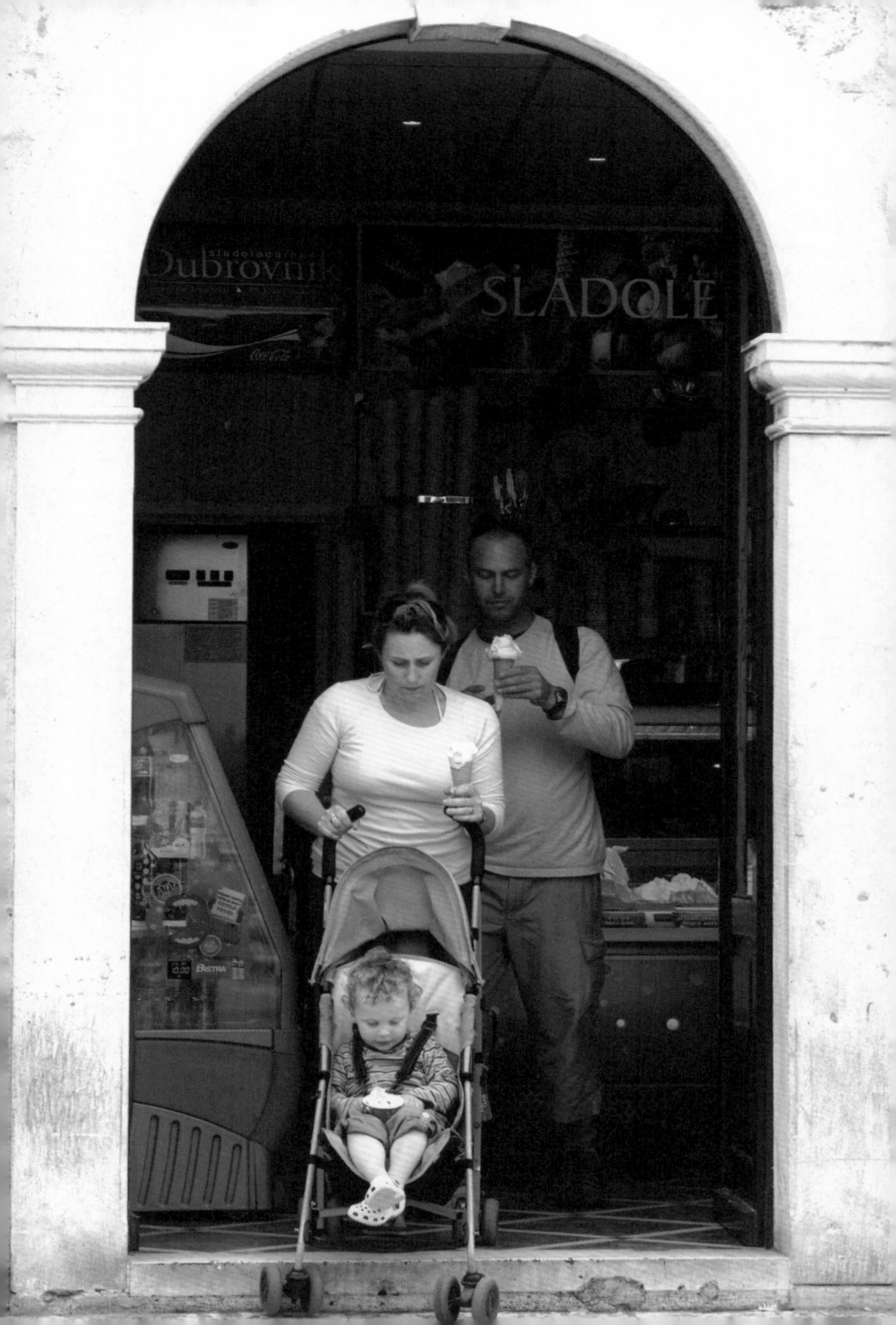
Dubrovnik
SLADOLE
BISTRA

아이스크림.

달콤한 '사랑' 을 담았다.
잠깐의 '휴식' 을 담았다.
함께 나누는 '기쁨' 을 담았다.
입안 가득한 '즐거움' 을 담았다.

나이를 잊게 하는 행복한 마술.

lastičarnica - Fontana
AD

Mali Francuz

좁은 골목을 걸을 때마다 만끽하는
시간 여행의 즐거움

길을 잃었다.
길을 찾았다.

다시
길을 잃었다.

다시
길을 찾았다.

아무래도 좋다.
난
여행자니까.

10 EURO
10 EURO 70 KUNA

두브로브니크는 견고한 성벽으로 둘러싸인 도시다.
이 성벽을 거니는 것이, 두브로브니크 '관광'의 핵심이다.
2km되는 이 성벽을 한 바퀴 도는 데는, 두어 시간이 소요된다.
성벽 위에서 바라본 모든 풍경은 현실적이지 않다.

두브로브니크 성벽
13~16세기에 만들어진 높이 25m, 길이 2km에 이르는
견고한 성벽으로 두브로브니크 여행의 필수 코스다.

두브로브니크 성벽 위에서…

이 아름다운 풍광을
보는 데 드는 비용
50쿠나.
그 열 배가 든다 해도
나는 기꺼이
값을 치를 것이다.
살면서
몇 번 볼 수 없을 풍광…

얼마전, 한 지인이 평생 처음으로 여권을 만들었다.
평소 그는 우리나라가 아닌 다른 곳은 절대 가지 않겠다는
사람이었다.
굳이 여행을 가겠다는 생각으로 만든 것이 아니라고
유사시 급히 필요할 수도 있을 것 같아서 만든 것이라고
변명하듯 말하는 그를 보며, 슬며시 속으로 미소지었다.
빳빳한 새 여권이, 언젠가, 지구상에 있는 다른 나라로
그를 안내하는 열쇠가 되리라는 생각이 들었다.

언젠가 그도 나처럼
두브로브니크 성벽 위에서
이 아름다운 풍광을 보고
벌린 입을 다물지 못할 것이다.

노브리예나체 요새
구시가에 들어가기 전 바닷가에 높이 37m의 절벽 위에 세워진 요새로 여름 축제 때 〈햄릿〉이 공연된다고 한다.

여행을 통해 깨닫는 것 중 하나,
사람사는 모습은 별반 차이가 없다는 것이다.

힐끔거리고 본 담 저쪽의 풍경도
나와 같은 모습이었다.

성벽을 따라 걷다보면
아드리아의 푸른 바다도 볼 수 있고
두브로브니크 현지인들의 진짜 사는 모습도 볼 수 있다.

LG

잘 마른 빨래 냄새를 좋아한다.

빨랫줄에 널린 저 셔츠에 코를 묻고 킁킁거리고 싶었다.

구질구질한 내 속내. 상처 투성이, 낡아 해진, 누더기 같은 심장을 토끼의 간인 양 깨끗하게 빨아 저 빨랫줄 위에 널어놓고 싶었다. 아드리아해의 햇살과 햇살 아래 부는 바람을 담아 잘 말리고 싶었다. 장마철 빨래처럼 시큼하고 퀴퀴한 내 심장에서 잘 마른 빨래처럼 청량한 냄새가 나기를…

걷다가 만난다.

교회의 종도.

붉은 지붕도.

푸른 하늘도.

그리고

사람도…

성벽 아래 그들의 일상이
여행자에게는 놓칠 수 없는 아름다운 풍경이 된다.

여행은 삶을 사랑하는 누군가가
또다른 저편 어딘가에 사는 누군가의 삶을 바라보며
'아름답다' 라는 단어를 떠올리는 것.

어디에서부터 시작되었을까.

붉은 지붕을 걸친

저 많은 집들은.

성벽 아래, 하얀 파라솔이 있는 카페.

따스한 햇살과 부드러운 바람과 진한 커피가 있는 곳.

무연히 바다를 바라보다 주저없이 풍덩

물 속에 뛰어드는 사람들.

모든 시선으로부터 그들은 자유롭다.

세상에…

이런 곳이 또 있을까?

성벽을 걸으며 바라본 올드 타운은 붉은색만이 유일한 색인 양 빛을 뽐내고 있다.

저기 저 붉은 지붕 아래 창문이 열리고 누군가가 붉은 얼굴을 내밀 것만 같다.

"드라보 Zdravo!"

('안녕하세요'의 크로아티아어)

부채꼴의 기왓장 앞에서 숙연해진다.
세월이 켜켜이 시루떡처럼 쌓인 붉은 지붕.

기왓장 사이 스며든 것은 먼지가 아니다.
두브로브니크의 역사다.
크로아티아의 역사다.
발칸의 역사다.

1986년에 개봉되어 톰 크루즈를 스타로 만든 영화, 〈탑건〉의 감독 토니 스콧이 한 말을 기억한다.
"영화는 전투기 안에서 조종사와 그 뒤에 펼쳐진 하늘을 담은 한 장의 사진에서 시작되었어요. 그 장면을 영화로 꼭 만들고 싶다고 생각했고 결국, 만들었습니다."

나의 여행도, 붉은 지붕이 펼쳐진 두브로브니크의 사진 한 장에서 시작되었다.

당신에게도 당신의 등을 떠미는 한 장의 사진이 있는가?

DB 1064
DB 2243

FRAN
ZRINSKI

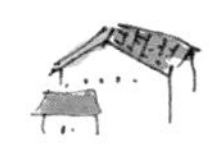

어쩐 일인지 이번 여정에는 '빗' 을 챙겨오지 않았다.
평소에는 작은 가방에 두 개씩도 넣어 가지고 다니던 빗을…
덕분에 치렁치렁 긴 머리카락이 멋대로 휘날린다.
머리카락이 노랗고 눈동자가 파란 사람들이 내뿜는 담배 연기도 흡수하고 아드리아해의 짠내도 흡수한 내 머리카락은, 그래도 바람만 불면 좋다 하고 휘날린다.
헝클어진 머리카락 만큼이나 헝클어져 있던 마음을, 조금쯤 추슬러 본다.
내가 있는 이 곳,
아드리아 해변의 빨간 등대 아래서….

두브로브니크 구항
플라차 대로 끝 종탑 옆 문으로 나오면 현지인들의 고기잡이용 배와
인근의 섬으로 가는 관광객들을 위한 보트들이 줄지어 있다.

UNIQUE
CERAMIC
25€
10€
10€

바다를 바라보는 성벽 아래에서 발견한 그물과 낡은 나무통

손때 묻고 색이 바랜
오래된 것에 대한 가슴떨리는 고백

FRAN
MARIO DUBROVNIK

아무리 지구촌 곳곳에서 수많은 사람들이 찾아오는
'관광도시' 라 할지라도 이곳은 바다를 터전으로
살아가는 어촌이다.
풍어를 기대하며 저 넓은 바다로 물살을 가르고
나갈 '배' 들이 잠시 숨을 고른다.

바다와 가장 가까운 공연장.

푸른 아드리아해를 보며 듣는 연주는 어떤 느낌일까.

공연은 끝나고 무대는 비었다.

그러나, 바다는 여전히 햇살을 받고 부시다.

두브로브니크의 바다는 특별하다.
슬픈 기억을 호출하는 바닷빛.

사랑해
사랑해
사랑해

SOUVENIR
DUBROVNIK
2008
UNIQUE
AUTHENTIC
TRADITIONAL
10€
70 KN

여행자들의 배낭은 같은 모양이 없다.
다양한 배낭을 어깨에 메고 시끌한 거리와 골목골목을 누빈다.
복잡함과 어수선함이 풍기는 여행자들만의 묘한 매력.

관객이라고는 호기심 많은 어린아이,
연민으로 가득한 얼굴의 노인들 뿐이었지만
성벽 입구 계단 모퉁이를 무대삼은 그의 연주는
그들이 떠나도 멈추지 않았다.

여행길에선 나도 모르게 너그러워진다. 평소에는 입술을 앙다물고 무표정하게 살다가도, 누군가 내 영역에 침범이라도 할까 눈을 치켜뜨고 독기를 품고 살다가도, 길을 나서면 만나는 이들에게 미소를 짓게 된다. 아니, 그들의 미소에 전염된다. 처음 보는 사람들, 다시 만날 일 없을 것 같은 사람들과 눈을 마주친다.

자연스럽게 중얼거리게 되는 말들.

Hello, Thank you, I' m sorry, Excuse me…

이방의 사람들 앞에서 나는 무장해제된다. 부드러워진다. 경계심을 허물어뜨리는 그들의 선량한 얼굴 앞에서 그만 마음이 노글노글해진다. 낯선 그와, 낯선 그녀와 미소를 주고받는다.

밤 10시.

성수기가 아닌 계절의 두브로브니크 버스 터미널은 한산하다.

나는 버스의 제일 앞자리에 앉았다. 이 버스가 최소 9시간, 최대 10시간을 달려 나를 자그레브에 데려다 줄 것이다.

조금만 더 여유가 있었다면 환한 대낮에 버스를 타고 창가에 앉아 다시 한번 아드리아해를 감상하고 싶었지만 돈도 시간도 여유가 없다. 심야버스를 타면 1박에 대한 숙박비를 줄일수 있고 잠자는 시간에 이동하는 것이니 그만큼 시간도 번다. 물론 하룻밤을 그렇게 보내면 돈만큼 시간만큼 체력도 바닥이 되겠지만 나는 과감하게 심야버스를 택했다. 버스의 앞자리에 앉아 깊은 숨 한번 들이쉬고 창밖으로 시선을 돌리자 이별의 순간에 놓인 어느 모녀가 보였다. 저들에게는 또 어떤 사연이 있는 것일까. 이별은 누구에게나 가슴아픈 일이지만, 손수건으로 눈물을 훔치는 엄마의 모습이 예사롭지 않았다.

곱게 늙은 영화배우처럼 우아한 엄마의 눈물 한 방울이 똑, 내 가슴에 떨어졌다.

엄마와 딸은 오래도록 포옹을 한 후에야 비로소 헤어질 수 있게 되었다. 딸이 버스에 오르자, 기다렸다는 듯 기사는 버스를 출발시켰다. 도착할 때 건넜던 다리를, 떠날 때도 건넌다.

두브로브니크, 너를 기억할게. 상처를 품은 너의 도시를, 너의 사람들을 기억할게. 너의 물빛을 기억할게.

Plitvice

호수와 나무의 요정이 사는 숲
플리트비체

자그레브 남쪽 140km 지점에 위치한 국립공원이다. 울창한 천연림으로 둘러싸인 16개 호수와 92개의 폭포가 끊임없이 계단처럼 흘러내리며 장관을 이루는 곳으로 유럽인들이 죽기 전에 꼭 한번은 봐야 할 비경으로 손꼽는 곳이다. 희귀 야생 동·식물의 보고로 1979년 유네스코 세계자연유산으로 지정되었다.

크로아티아에는 8개의 국립공원이 있다.
바다만 있어도 아름다운 나라에, 빨간지붕만 있어도 아름다운 나라에, 울창한 숲이 우거진 국립공원이 무려 8개나 있다니 크로아티아는 정말 축복받은 나라다. 발칸반도의 수려한 풍광을 잘 간직하고 있는 플리트비체는 생태계의 질서에 어긋남이 없으며 온갖 생물을 품고 있는 넉넉한 곳이다.
플리트비체에 가기 위하여 어느 새벽 자그레브 버스 터미널에서 플리트비체행 표를 샀다. 플리트비체까지 가는 티켓을 샀더라도, 반드시 버스 기사나 차장에게 플리트비체에 내려달라고 말해야 한다. 그렇지 않으면 버스는 서지 않는다. 플리트비체에는 1번과 2번 정류장이 있는데, 1번 정류장에 내리면 안내소와 휴게소가 있다. 국립공원이라지만, 그냥 시골 버스 정류장이다.

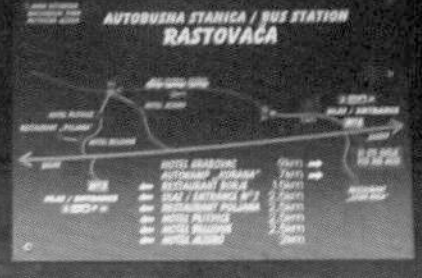
AUTOBUSNA STANICA / BUS STATION
RASTOVAČA

플리트비체에 가는 날, 버스가 자그레브를 출발할 때부터 비가 내리기 시작하였다. 바람끝이 쌀쌀한 계절, 슬슬 걱정이 되었다. 일단, 플리트비체 안내소 근처에 있는 상점에서 비닐옷을 한 벌 사입었다. 그리고 110쿠나짜리 입장권을 샀다.

자, 이제 코스만 정하면 된다. 지도를 보고 화살표를 따라, 내 갈 길만 정하면 된다. 어느 곳으로 가서, 몇 시간을 플리트비체에 머물 것인가는 전적으로 나의 선택에 달려 있다. 광활한 플리트비체는 최소 3시간, 길게는 8시간 이상도 다닐 수 있는 곳이다. 나는 5시간을 돌아보는 코스를 선택하였다.

군데군데 세워져 있는 표시판을 주의해서 보아야 한다. 내가 현재 있는 곳의 명칭과 해발고도가 적혀 있다.

nacionalni park plitvička jezera
国立公園プリトヴィツエ湖
GORNJA
UPPER L
OBERE S
LAGHI SU
LACS SU
PROŠČANSKO JEZERO
프로스찬스코 호수
ST3
STUBI
P2
P1
MUKINJE
DUBROVNIK 446
SPLIT 230
RIJEKA 180
OLYMPUS

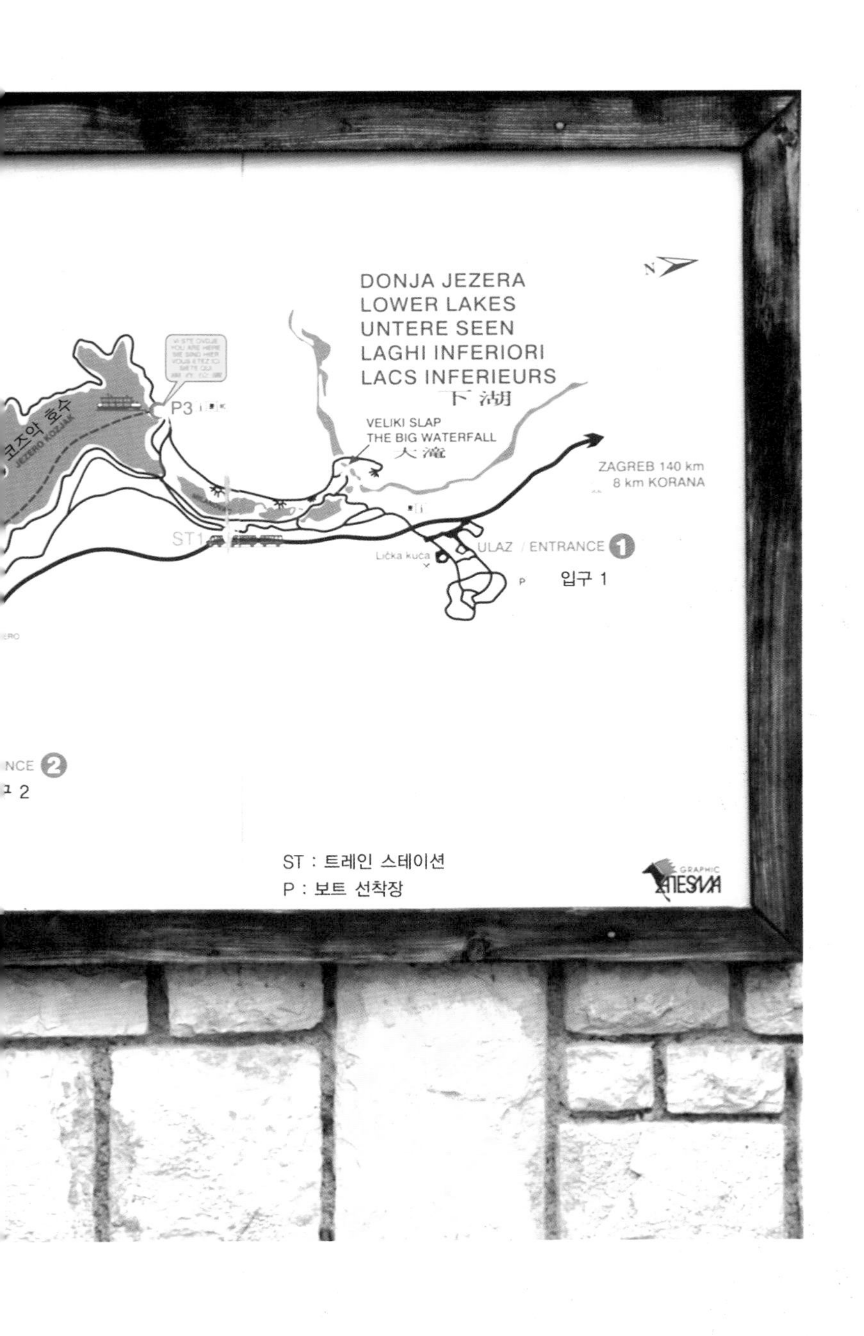
DONJA JEZERA
LOWER LAKES
UNTERE SEEN
LAGHI INFERIORI
LACS INFERIEURS
下湖
코즈약 호수
JEZERO KOZJAK
P3
VELIKI SLAP
THE BIG WATERFALL
大瀑
ZAGREB 140 km
8 km KORANA
ST1
ULAZ / ENTRANCE 1
Lička kuća
입구 1
NCE 2
2
ST : 트레인 스테이션
P : 보트 선착장
GRAPHIC

SLAP - WATERFALL
MALI PRŠTAVAC

수직으로 곧게 떨어지는 물.

천지간 나무와 폭포와 호수와 하늘만 있는 곳.

그 몇 시간 동안 내가 낸 소리는 오직 카메라 셔터 소리.

내가 들었던 소리는 오직 물소리.

나의 눈과 마음과 카메라의 렌즈에 나무와 폭포와 호수와 하늘만 담았다. 아니, 이 곳에서 보이는 것은 이들밖에 없다.

이 나무들은 오랜 세월을 묵묵히 한 자리에서 살아왔을 것이다.
때로는, 지금처럼 비바람이 불어닥치기도 했을 것이며 때로는 하얀 쌀알 같은 눈이 쏟아지기도 했을 것이다.
하지만 나무들은, 지금의 나처럼 덜덜 떨지도 인상을 찌푸리지도 않았을 것이다.
플리트비체에 입장해서 두 시간 정도는, 새로운 풍경 앞에 정신을 쏙 빼놓고 다니느라 별다른 생각이 없었다. 그러나 점점 허기가 지고 속옷까지 옴팡 젖어 축축함이 감지되자 순간, 그만 내려가고 싶은 생각이 들었다. 운동화 안으로 들어차 고인 물은 한 걸음 한 걸음 내딛는 것을 방해했다. 고통스러웠다. 비는 끊이지 않고 내리고, 군데군데 의자가 있긴 하였으나 의자도 나도 비에 젖은 채여서 앉을 수가 없었다.
무방비상태로 비와 추위에 노출된 나는 급기야 눈물이 글썽해지기까지 하였다.

그때였다. 이 나무를 발견한 것은…

나는, 이곳에서 넋을 잃었다.

물 속에 잠긴 나무.

너는, 나무요정일까…

금방이라도 저 나무가 우뚝 일어서서, 성큼성큼 내게로 다가올 것만 같다.

플리트비체에는 요정이 산다더니, 정말, 어디선가 툭 요정이 나타날 것만 같다.

나무요정 앞에서 한결 기분이 나아진 나는, 지난밤 두브로브니크 터미널에서 산 초코바를 꺼내 입 속에 들이밀고 꾹꾹 씹으면서 다시 기운을 내어 걸음을 옮겼다.

나를 응원하는 것일까, 점점 하늘 한쪽이 말갛게 개이기 시작했다.

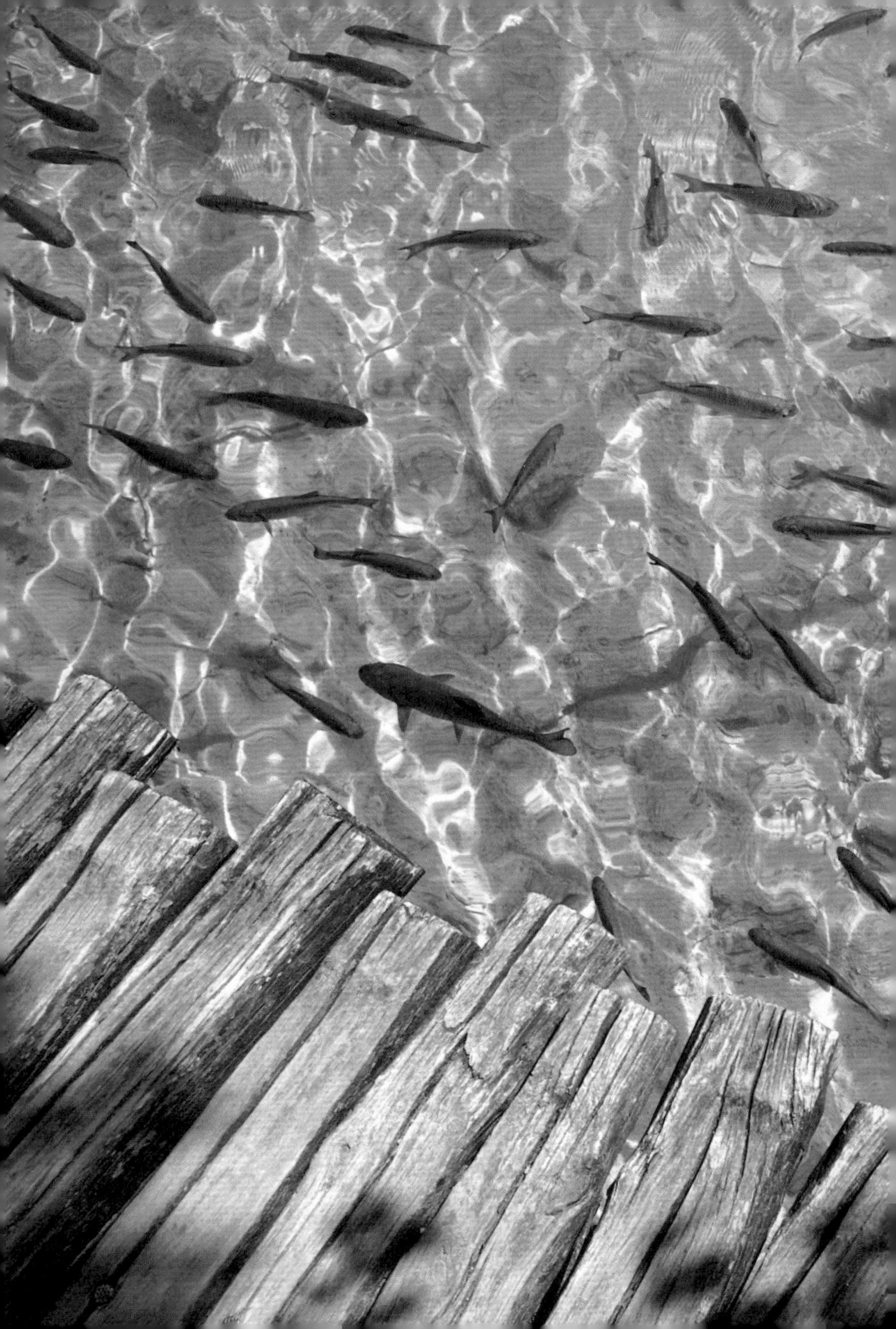

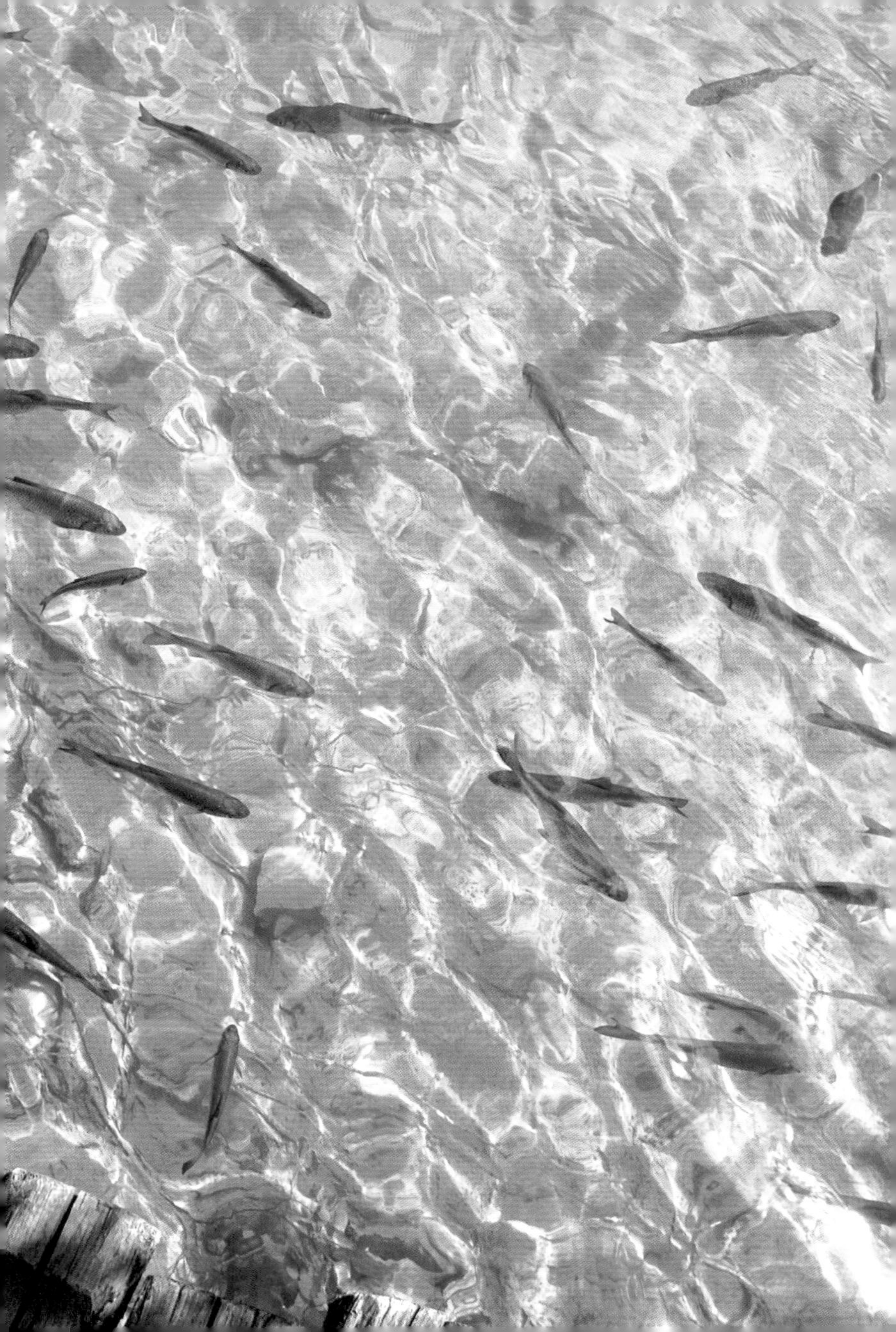

호수의 빛깔이 현실적이지 않아서
눈을 몇 번이고 깜박여야 했다.
감았다 뜬 눈을 비비고 다시 보아도 여전히
그림에서나 보았던 그 빛깔이다.

물고기와 눈맞춤하고 다시 걷는다.
깨고 싶지 않은 꿈 속인 양
멈추면 깨어날 꿈 속인 양
서둘러 걷는다.

누구의 간섭도 없이 저들끼리 자연스레 살아온
플리트비체의 물고기, 청둥오리, 도마뱀, 다람쥐는
사람의 기척에도 흔들림이 없다.

이곳에선
나도 당신도
모두…
호수의 빛깔에 물든다.
나무의 빛깔에 물든다.
하늘의 빛깔에 물든다.

빗속을 걷느라 머리끝부터 발끝까지 흠뻑 젖은 채로
입술은 파랗게 변해가고 손끝은 감각이 없어졌지만
하늘 한쪽이 밝아오는 플리트비체에 머무는 그 순간
나는 세상에서 제일 행복한 사람이었다.

내전에 의해 사방이 지뢰밭이었다던 플리트비체.
아픈 과거로 인해 외려 품이 넉넉해진 플리트비체는
고개를 주억거리며 나를 다독이는 친구같다.
어줍잖은 충고도 조언도 없이 그저 내 어깨를 토닥토닥할 뿐이다.

플리트비체에서 내 마음의 상처를 치유한다.
말 많던 사람들의 세상에서 떠나와
말 없는 이곳에서 위로받는다.

Autumn

플리트비체의 물빛은 물 속의 석회 침전물로 인해, 계절과 시간에 따라 다르게 보인다.
여름에는 파란빛을 띠고, 겨울에는 연한 초록빛으로 변한다.
보는 위치에 따라서도, 해가 비치는 각도에 따라서도 다르게 보이는 호수다.
하지만 본래의 물빛은 맑은 터키 옥빛이란다.

플리트비체에 갈 때는, 간단한 도시락을 미리 준비해가는 것이 좋다.
물, 음료, 빵이나 샌드위치, 초콜릿이나 비스킷…
세상의 수많은 관광지처럼, 아무 데서나 쉽게 음식을 구입하고 본능 또한 해결할 수 있으리라 생각하면 큰 오산.
플리트비체는, 그런 곳이다.

트레인
플리트비체 공원 투어의 주요 이동 수단 중 하나로
총 6대가 3개 지점을 다닌다.

플리트비체는
묵묵히 소박한 길을 따라
누구의 흔적도 좇지 않고
나의 흔적 또한 남기지 않으며
그저, 이 소롯한 길을 따라 앞으로 앞으로
위로 위로
때로는 아래로 아래로 걷기만 하는 곳이다.

다음에 다시 오겠다는, 어쩌면 절대로 지키지 못할

약속을 하고 뒤돌아섰다.

ORTIE
EXIT

16A
200-7
17
17A
18
5
200-7
6
5
5A
6
6
6A

Split

이야기가 있는 골목을 품은 곳

스플리트

약 20만 명이 살고 있는 아드리아해에 면한 가장 크고 아름다운 항구 도시이며 크로아티아에서 두 번째로 큰 도시로 달마티아 지방의 경제와 산업 문화의 중심지다.
유네스코 세계문화유산으로 등록되어 있는 구시가의 디오클레티아누스 궁전은 고딕 건축 양식의 화려한 모습을 잘 간직하고 있는 고대 로마시대 문화의 중요한 보루가 되었던 곳이다.

스플리트 구시가 • 디오클레티아누스 궁전

Split Old Town • Palace of Diocletian

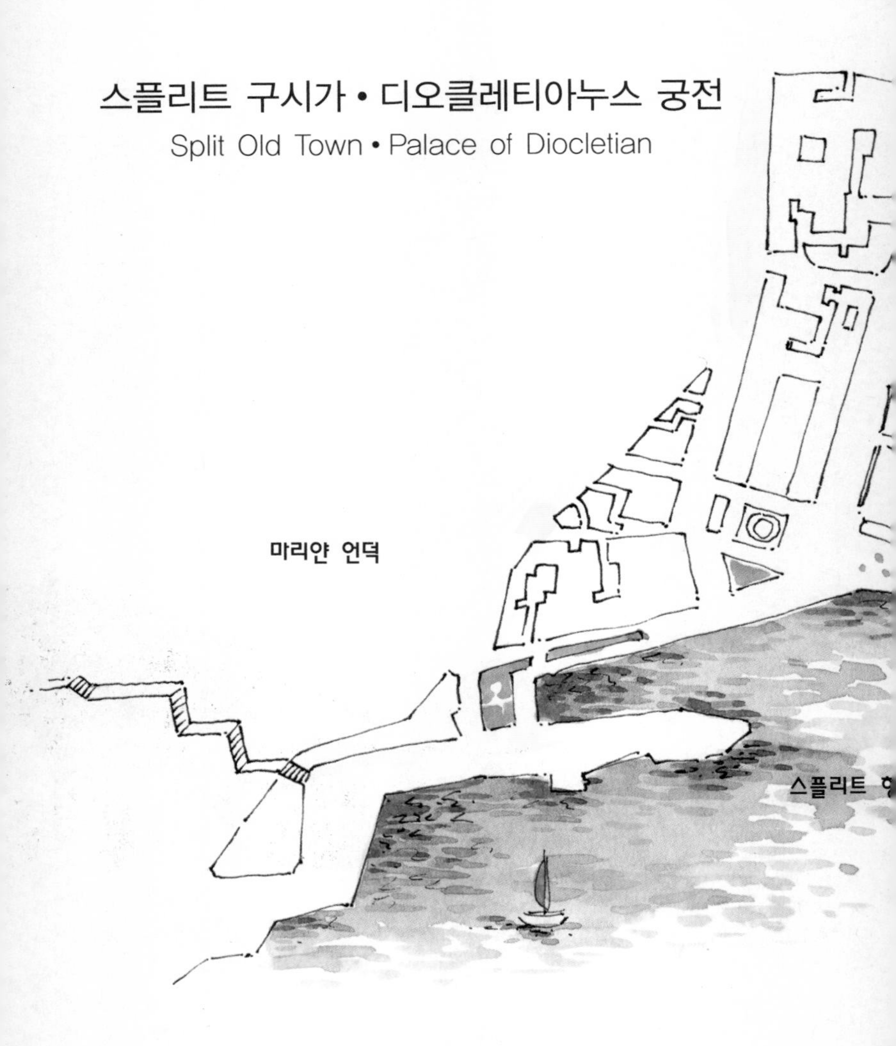

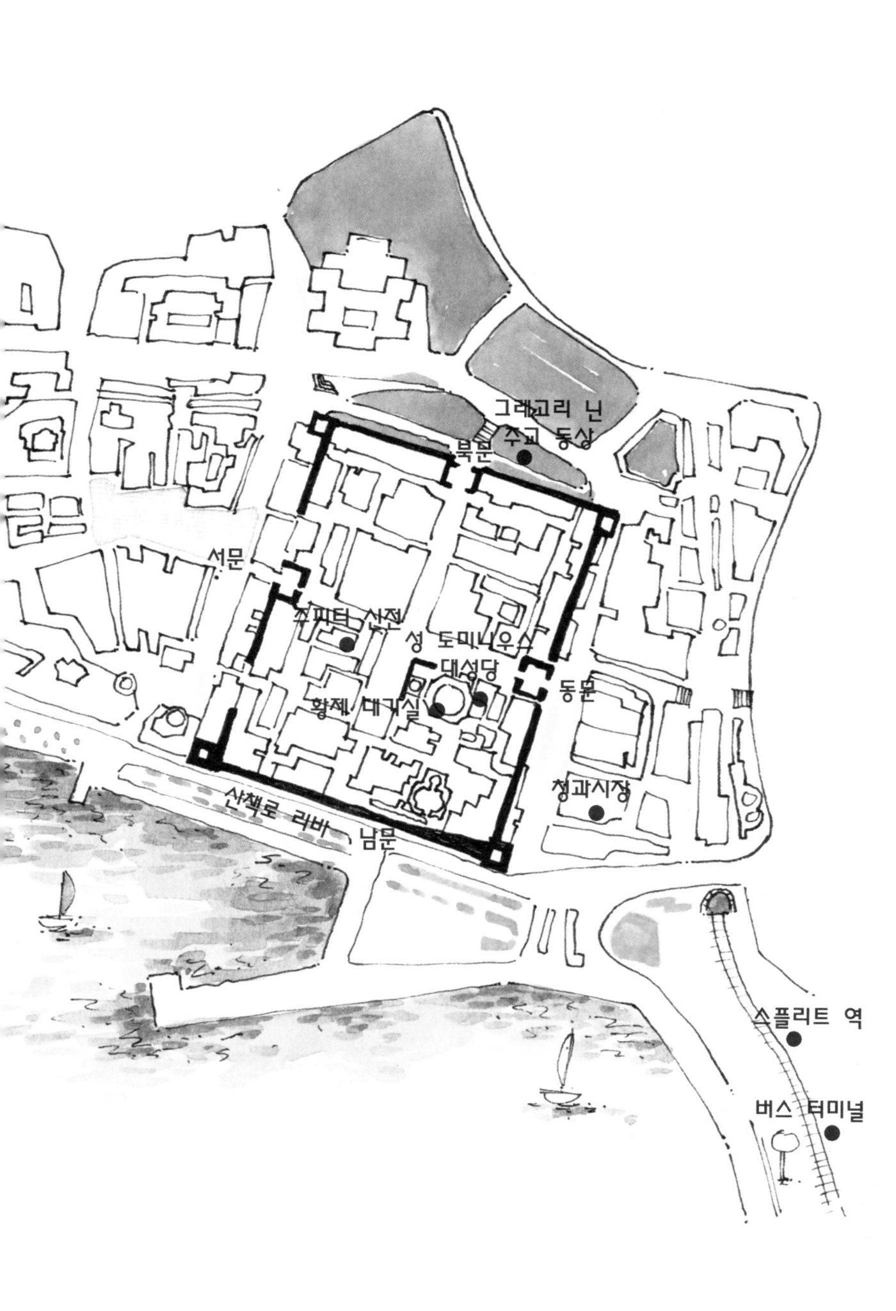
그레고리 닌
주교 동상
북문
서문
주피터 신전
성 도미니우스
대성당
동문
황제 대기실
청과시장
산책로 리바
남문
스플리트 역
버스 터미널

자그레브에서 스플리트까지 야간열차를 이용하였다. 장시간을 이동하는 교통수단 중 기차가 제일 좋다. 비교해보니 심야에는 버스를 이용하는 것이 외려 두 시간 정도 일찍 스플리트에 도착하지만 자꾸만 기차로 마음이 쏠렸다. 자그레브발 밤 10시 53분 기차.

한밤의 기차역 대합실 풍경은 어디나 비슷할 것이다. 다소 불량스러운 분위기. 자그레브 중앙역에는 코인 라커가 있는데, 길다란 복도를 따라 라커가 도열해 있고 맞은편에 벤치가 몇 개 놓여 있다. 이미 삼삼오오 짝을 지어 벤치를 장악하고 카드놀이를 하거나 짐보퉁이 위에 더 무거운 짐짝처럼 얹혀 고단한 잠을 청하고 있었다. 복도 가득 매캐한 담배 연기가 자욱했다.

이 사람들은 어디에서 왔을까. 이 사람들은 어디로 갈까. 얼마나 먼 곳을 헤맬까. 이런저런 생각을 하다보니 어느새 출발 시간이 되어 기차에 올랐다.

복도식 열차였다. 전형적인 유럽열차로, 쿠셋은 아니었지만 한 칸에 여섯 개의 좌석이 놓여있다. 장거리 이동시에는 같은 자리에 앉아가는 사람을 잘 만나는 것이 관건이다. 그로 인하여 나의 여행은 쾌

적한 여정이 되기도, 불쾌한 여정이 되기도 하기 때문.
그런데 나보다 먼저 좌석에 앉아 있던 그는, 맙소사, 알코홀릭 수준의 술꾼이었다. 8시간 정도를 혹은 그 이상을 가야 하는 여정에 그가 갖고 올라탄 짐이라고는 술병이 가득 담긴 봉투 하나 뿐이었다. 언뜻 보니, 봉투 안의 술은 종류도 참 다양하였다. 이미 전작이 있던 그는 병째 술을 들이켜고 있었다. 기차가 출발하고 한시간쯤 지났을까, 그는 기차역 매점에서 구입했을 법한 말라비틀어진 차가운 샌드위치를 꺼내 안주삼아 우적우적 먹더니 새 술병을 따서 또 벌컥벌컥 마셔댔다.
내 머릿속에서는 그에 대한 온갖 사연들이 상상되기 시작하였다. 그는 실연당했거나, 그의 가족에게 좋지 않은 일이 생겼거나, 실직당했을지 모른다. 상상의 내용은 어느 것이나 서러웠다. 공연히 그가 안쓰러워지기 시작했다.
잠든 척 고개를 의자 깊숙이 파묻고 간간이 실눈을 뜨며 그를 관찰하였다. 마시는 술의 양에 비해 그는 조금도 위협적인 인물이 아니었다. 그저, 무슨 일인가로 괴로운 사람일 뿐이었다.
문득 그와 말을 섞고 싶어졌다. 헝클어진 머리카락을 손으로 빗어넘겨주고 싶어졌다. 어느 순간엔, 이 낯선 사내가 내 핏줄이라도 되는 양 친근해지기 시작했다. 그를 관찰하느라, 나는 새벽녘 스플리트에 도착할 때까지 한숨도 못 잤다. 그가 점퍼를 둘둘 말아 베개삼아 머

리맡에 넣고 의자에 길게 누워 선잠을 잘 때도 나는 계속 그를 지켜보았다. 누군가를 미워하려면 그이의 잠든 모습을 바라보지 말라던 어느 소설가의 말이 생각난다. 잠든 이의 얼굴은 그 누구라도 선량하므로… 그 누구라도 애잔하므로… .

동틀 무렵, 스플리트에 도착한다는 안내방송을 듣고 내릴 준비를 하면서는 그와 헤어질 생각에 조금쯤 서운해지기까지 하였다.

Good bye, Stranger!

스플리트 항
무역의 중심지였던 곳으로 현재는 다른 섬으로 가는 배들이 오가는 거점항구다.

밤새 뜬눈으로 한 사내를 관찰했던 내 눈은, 토끼보다 더 빨개졌다. 실핏줄이라도 터진 듯 흰자위 여기저기에 붉은 금이 그어졌다. 건조하기까지 해서 뻑뻑한 눈을 간신히 떠 스플리트 역 코인라커에 짐을 넣고 역사를 나선 순간 내 뻑뻑한 눈에 바닷바람이 들어찼다. 청량한 바닷바람. 그리고 저 바다 깊숙한 곳에서부터 떠오르는 태양.
내게 스플리트는 그런 인상으로 다가왔다. 몽롱한 정신을 깨우는 청량한 바람과 어둑한 사위를 밝히는 붉은 태양이 있는 곳. 어디에나 바람은 불고 어디에나 태양은 뜨지만 스플리트의 그것은 달랐다. 태고적 냄새가 있었고 태고적 빛이 있었다.

역사를 알면 잔인한 곳이 되는 스플리트. 악명높은 디오클레티아누스 황제가 말년을 보내기 위해 선택한 곳, 그리고 10여 년 전 유고슬라비아로부터의 독립을 위해 치열한 격전을 벌였던 곳이 바로 스플리트다.

여전히 위용을 자랑하며 스플리트 구시가의 한가운데 자리하고 있는 디오클레티아누스 궁전.
궁전의 뜰 안에 자리한 대성당 종탑에 오르면 저 멀리 수평선에 둘러싸인 아드리아해와 그 위에 떠있는 배들과 오래된 지붕들과 사람, 사람들을 볼 수 있다.

사람들을 핍박하고 무자비하게 죽였던 디오클레티아누스 황제는 이 풍경 앞에서 한번쯤 후회를 하지 않았을까.
억울한 영혼들에게 미안해하지 않았을까.

성 도미니우스 대성당
로마네스크 양식으로 지어진 성당으로 원래는 황제의 영묘로 사용되던 것을 성당으로 개축했다. 종탑에 오르면 스플리트가 한눈에 들어온다.

스플리트의 구시가는 밀실같다. 미로같다. 이 골목이 꺾이는 저기 쯤에서 다른 골목을 만나고 골목을 꺾어 돌면 비슷한 골목이 또 짠- 하고 나타난다.

성벽의 비호를 받는 동네. 그곳은 아늑하다. 여우의 굴처럼…
골목과 골목 사이를 걷는 사람들. 혹여 서로 부딪칠까 어깨를
옹송거리며 다니는 사람들.

사람들 틈에 섞여 걷는데 어디선가 노랫소리가 들려왔다. 고성능 마이크를 설치하고 에코 기능을 빵빵 넣은 듯한 멋스러운 아카펠라 중창이었다. 노랫소리를 따라가니, 하늘이 동그랗게 뚫린 무대였다.

세상에서 가장 아름다운 악기, 인간의 목소리.
오고가는 여행자들이 걸음을 멈추고 그들의 노래에 귀기울인다.
음악은 국가도 인종도 상관없이 사람들의 마음을 하나로 이어준다.

황제 아파트 대기실
남문과 연결된 계단을 올라가면 나오는 둥근 돔으로 된 방으로 이곳은 신하가 황제를 알현하기 위해 대기하던 장소다.

대성당 종탑에서 바라본 스플리트 전경

WC

첫 유럽여행에서 당황스러웠던 것 중 하나가 돈을 내고 화장실에 들어가야 하는 것이었다.
가장 기본적인 욕구 하나를 해소하는 데 치러야 할 대가라니…
그 가격의 많고 적음을 떠나 그것은 가혹한 처사인 듯 느껴졌다.
조금쯤 치욕스러웠다.
이제 그런 치졸한 대가에 익숙해져 있는데, 이번엔 또 대가를 지불하지 않아도 되는 화장실 앞에서 당황하고 말았다.
스플리트의 시박물관 근처.
'WC' 라고 적힌 공중화장실.
관리인이 있어 수시로 청소하고 물기를 닦아내고 화장지를 채워넣기까지 하는데, 그런데 무료다.
청결하고 쾌적하고 공짜인 화장실 안에서 그만 헤벌쭉 웃음이 나온다.
상쾌하다.

JULIUS NEPOS (C.430·480) WAS A
EMPEROR (474·480) DURING THE
OF THE WESTERN ROMAN EMPIRE. H
AT FIRST, OVER ITALY AND ADJO
YET HELD BY THE WESTERN
475, HE HAD INFLUENCE ONLY OV
HAVING BEEN DEPOSED AND RE
ROMULUS AUGUSTUS (IN EF
IN LAW) IN THE REST OF THE
REMNANT. THE EASTERN ROM
CONTINUED TO RECOGNISE N
RIGHTFUL WESTERN EMPER
OF HIS LIFE. HE WAS MURDERED
IN DIOCLETIAN'S PALACE-SPLIT
APRIL 25 OF 480. NEPOS WAS
THE NEXT-TO-LAST OR THE L
EMPEROR, DEPENDING ON H
THE MATTER.

SPLIT
orcida
1950

TAXI

공중전화를 보면 습관적으로 당신에게 전화를 걸고 싶어진다. 수화기를 들고, 당신의 번호를 누른다. 습관은 무서운 것이어서, 오래전 당신의 전화번호를 손가락은 기억하고 있다. 당신은, 울림이 좋은 음성을 가졌지. 금방이라도, 저음의 당신 목소리가 수화기 저편에서 부드럽게 흘러나올 것 같다. 이국의 전화기 앞에서도 마찬가지였다.

15쿠나짜리 공중전화카드를 산다. 그리고 투입구에 카드를 밀어넣는다. 꾹꾹 정성들여 당신의 번호를 누른다. 그러자 당신 대신 낯선 이방 여인이 툭 튀어나온다. 그리고 상냥한 기계음으로 나를 밀어낸다… 당신이 나를 밀어냈듯이…

5

스플리트 구시가 광장 근처에는 해산물 시장이 있다.
금방이라도 퍼덕거리고 뛰어오를 것만 같은 싱싱한 해산물.

생선을 조리고 새우를 구워 바다냄새나는 상을 차려내고 싶어.
아껴두었던 린넨을 식탁 위에 깔고 꽃을 좀 꽂아놓을까봐.
작은 초도 하나 켜 놓는 건 어때.
마주앉아 도란도란 옛이야기를 하는 거야.
창문 너머에서는 밤새도록 파도가 철썩이겠지.

어느새 나는 아드리아해변의 한 마을에서, 그렇게 사는 삶을 꿈꾸고 있었다.

20Kn

무엇인가를 만지면 소원이 이루어진다는 정서는 어디서부터 시작된 것일까.
저 멀리 바다 건너 이국에도 사람들의 소원을 들어주는 조형물이 있다.
크로아티아어로 미사를 드리게 해달라고 바티칸에 요청했던 것으로 유명한 크로아티아의 주교 그레고리 닌의 동상.
구시가의 북문 근처에 높이 솟아있는 그레고리의 동상을 보면,
엄지발가락부터 발등까지가 반들반들하다.
그 부분을 만지면서 소원을 빌면 이루어진다고 한다.
얼마나 많은 사람들이 마음에 소원을 품고 와, 간절하게 주교의 발을 쓰다듬었을까.

나도, 입술을 달싹이며 소원 하나 빌고 경건하게 주교 앞에 서보았다. 당신이 나의 소원도 들어줄 건가요?

여행을 다닐 때 내가 가장 관심있게 보는 것 중 하나는 그들의 일상이다. 창문이 열려있으면 슬쩍 들여다보게 되고, 빨래가 널려있으면 그렇게 반가울 수가 없다.
여행을 다니면 자연스레, 관음증 환자가 된다. 자꾸만 그들의 속내가 궁금해진다. 그들의 삶이 궁금해진다.

Caffe bar SKALINA

웅장한 로마 유적, 디오클레티아누스 궁전과 미로 같은 골목들을 돌아보느라 다리가 아파올 즈음, 눈 앞에 하얀 대리석이 깔려있는 산책로 '리바'가 펼쳐졌다.
바다가 보이는 야자수 아래에 털썩 앉아 지친 다리를 쉬어주며 여유로운 오후의 한 때를 보냈다.
따스한 햇살이 내리쬐는 아드리아해와 하얀 물살을 튀기며 오가는 보트들을 바라보다가 다시 걸음을 걷기 위해 마음을 먹기까지 참 많은 시간이 걸렸다.
이 하얀 의자만 있으면 여기 스플리트에서 한 달을 보내는 것쯤은 일도 아닐 것 같았다.

그곳을 떠나고나서 한참 후에야 생각났다.
'그런데 왜 아이스크림 먹을 생각은 안 한 거지?'

해안 산책길 리바

궁전의 남쪽에 위치한 바닷가 산책길로 노천 카페가 늘어서 있다. 벤치에 앉아 휴식을 취할 수 있는 곳.

Sale!
19 Kn
Magnetic
SPLIT
CROATIA
SPLIT
CROATIA
SPLIT
CROATIA
SPLIT
CROATIA

마리안 언덕
궁전을 바라보며 왼쪽에 위치한 언덕으로 바닷가의 아름다운 스플리트를 한눈에 조망할 수 있다.

한때 세상을 호령하던 황제가 머물렀던 이 웅장한 궁전도 이제는 주민들이 살아가는 평범한 마을로 변했다.
아직 치열했던 내전의 상흔이 남아있지만 그들은 이 맑고 푸른 바다로 상처를 치유하며 새살을 돋우고 있었다.
그래서일 것이다. 여행자들이 이곳을 찾아오는 이유가…
골목골목마다 아픈 역사를 간직한 그들이 살아가는 모습을 바라보며 희망을 선물로 가져가려고 말이다.

동문
Silver Gate로도 불리는 동문은 시장으로 연결되어 있는 활기찬 곳이다.

SPLIT

Zagreb

외로운 여행자들의 다정한 기착지

자그레브

발칸반도의 천년 고도로 불리는 크로아티아의 수도 자그레브는 구시가와 신시가가 조화를 이루고 있는 아름다운 도시로 중세의 매력과 현대적인 도시의 활기찬 모습을 함께 지닌 도시다.
대표적인 가톨릭 도시인 이곳에는 유명한 성당과 광장, 거리 등 많은 볼거리가 있다. 동유럽 교통의 중심지인 자그레브는 전 세계 여행자들의 기착지로 알려지기 시작했다.

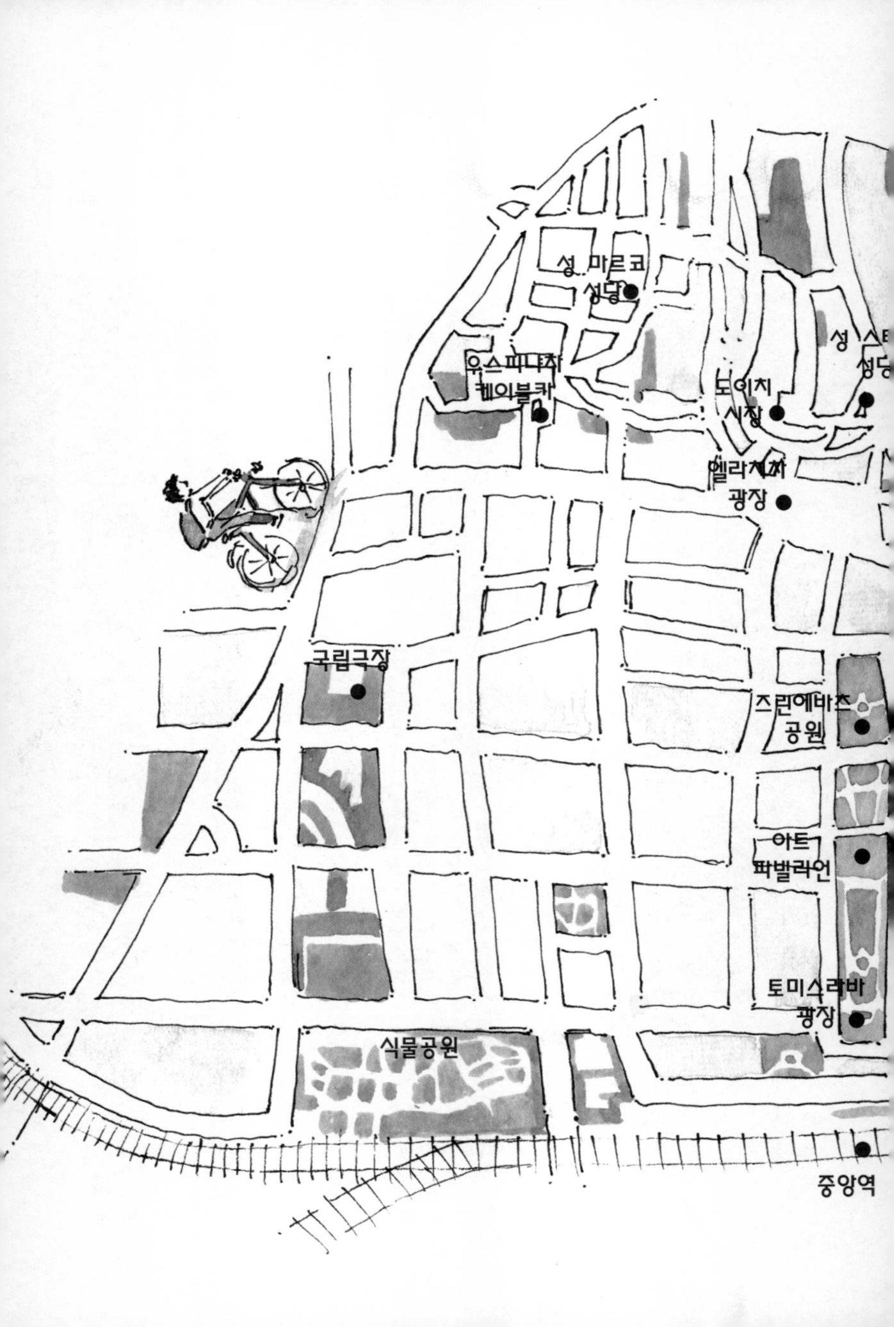
성 마르코
성당
우스피냐차
케이블카
도이치
시장
옐라치치
광장
국립극장
즈린에바츠
공원
아트
파빌리언
토미스라바
광장
식물공원
중앙역

자그레브
Zagreb

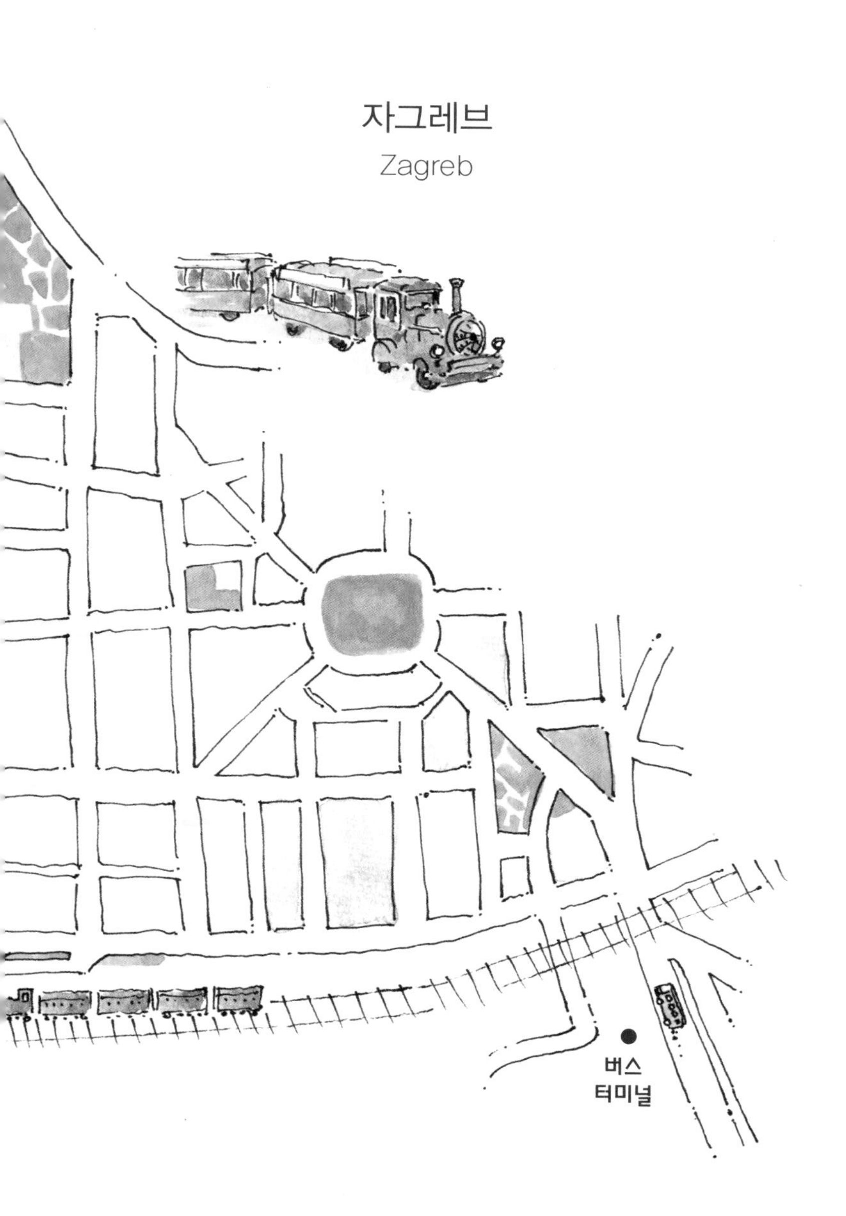

KRALJ
TOMISLAV
CMXXV

당신이 만약 기차로 자그레브에 도착한다면

역을 나서자마자 가장 먼저 바라볼 풍경.

토미스라바 광장

크로아티아를 통일한 토미스라바 왕을 기념하여 만든 광장으로 그 뒤로 공원들이 이어진다.

ZAGREB
GLAVNI KOLODVOR
2
1141 223

크로아티아의 수도, 자그레브. 여행자들의 기착지, 자그레브. 여러 국가와 인접해 있기 때문에, 자그레브는 거기를 가려는 사람들이 들르는 곳이고, 저기를 가려는 사람들이 들르는 곳이다. 그렇게 '잠시' 들른 사람들은 자그레브를 속속들이 보지 못하고 떠난다. 내가 그랬다. 중앙역에서부터 옐라치차 광장까지, 거기서 성 스테판 성당까지만 걸었다. 공원을 가로지르며 산책했고, 광장에서 잠시 쉬었다. 제일 크고 유명하다는 성당까지 보았으니 나는 자그레브를 다 다녀본 것이라고 생각했다. 한시라도 빨리 두 눈 가득 펼쳐지는 아드리아해를 보고 싶었던 터라, 스플리트행 기차 시간만 기다렸다.

내 몸집이 들어갈 것 같은 큰 배낭을 멘 그를 만난 건, 피곤이 몰려와 한소끔 졸고 싶던 자그레브 중앙역 대합실에서였다. 폴란드 태생인 그는 헝가리, 세르비아, 보스니아를 돌아 슬로베니아의 류블랴나를 간다고 했다. 그가 나에게 자그레브에서 무엇을 보았냐고 물었다. 나는 주섬주섬 읊었다. 중앙역 앞에서 일직선으로 도열해 있던 공원, 미술관, 엘라치차 광장, 성 스테판 성당… 거기서 내 말이 끝나자, 그는 안타까운 표정으로 자그레브에서 꼭 봐야 할 것들을 일러주었다. 가이드북에 의존하지 않고 현지에서 얻는 지도 한 장 들고 다니는 것을 원칙으로 하는지라, 때로 놓치는 것들이 있는 것도 사실이다.

GLAVNI KOLODVOR

그의 설명은 그 어떤 가이드북보다 상세했으며, 의미심장했다. 일정상, 자그레브를 다시 들를 수 없었지만, 낯선 나라에서 만난 또다른 낯선 나라의 여행자는 눈빛이 진실했다. 왠지 그의 조언을 듣지 않으면 후회하게 될 것 같았다. 그래서 나는 과감하게 일정을 조정했다. 그리고 며칠 후 다시, 자그레브 중앙역 앞 광장에서 떼를 지어 남쪽으로 가는 새들과 조우했다.

그가 말했다. 자그레브에서는 '공존'을 느낄 수 있다고… 그것이 나의 일정을 바꾸게 한 결정적 계기였다. 그가 'coexistence'라는 단어를 발음할 때, 어디선가 풍경소리가 들리는 것 같았다. 기척없는 바람이 소리를 내고 가는 것 같았다.

"너와 내가 지금 여기 이렇게 함께 존재하듯이 자그레브에서는 무엇과 무엇, 또 무엇과 무엇이 함께 존재한다는 걸 알게 될 거야. 어울리지 않을 것들이 공존하는 것…."

이제 그의 얼굴은 희미하지만, 그의 목소리는 여전히 생생하다. 사진 한 장으로도 남아있지 않은, 낯선 나라의 그. 혹 꿈이었을까….

22

중앙역 Glavni Kolodvor
동서 유럽 어디든 통한다고 할 만큼 동서양의
가교 역할을 하는 교통의 중심지다.

P
2. ZONA

ej.. ja sam ona
cura sa st. Patricks daya
sjećaš me se? Ti si sjedio
pokraj ovog dr[illegible]ta. Neznam
kak da te nadj[illegible] pa se
na[illegible]am da ćeš vidjet ovu
[illegible]ku. Dosta sam često
[illegible]vdje na Zrinjevcu pa se
nadam da ćemo se
sresti.....

흔적

사랑의 흔적
우정의 흔적
이별의 흔적
배신의 흔적
슬픔의 흔적

살아가면서
지워지지 않는 흔적이 점점 늘어간다.

처음에는 광장으로 계획했다가 공원으로 바꾸어 조성했다는 즈리네바츠 공원.
자그레브 시내로 들어가기 직전에 만난 이 곳의 키낮은 벤치에 잠시 걸터앉는다.
아름드리 나무 아래 벤치는 이방인에게도 동일한 '휴식' 의 기회를 제공한다.

Vuci i ovce

2

도심의 골목골목을 누비는 미니관광열차.

놀이 동산에나 가야 만날 수 있는 귀여운 관광열차를, 트램이 다니고 자동차가 다니고 사람이 다니는 시내를 걷다가 마주친다.

누군가 당신에게 자그레브에서 가장 많이 본 색깔이 뭐냐고 묻는다면, 아마 당신도 나처럼 1초도 고민하지 않고 '파랑색' 이라고 말할 것이다.

파랑색 트램, 파랑색 미니열차, 파랑색 푸니쿨라, 파랑색 공중전화 그리고 파랑색 소화전.
세계 어디에나 있는 소화전.
모양과 색깔은 제각각이나 기능은 하나다.
불을 끄는 것.

이 파랑색 소화전이
당신을 향해 불붙은 내 마음도 식힐 수 있을까.

istraži svoj svijet
OLYMPUS

bačka banka
RSTE

BAN
JELAČIĆ
1848.

시내 중심에 위치한 엘라치차 광장은 차가 없는 광장이다.
트램을 제외한 모든 차량이 다닐 수 없는 곳이다.
늘 많은 사람들로 붐비는 자그레브 시민들의 생활 중심지다.
자그레브 사람들의 대표적인 만남의 장소인 이곳은 또한
여행을 시작하는 여행자들의 설렘과 기대의 장소다.

엘라치차 광장
1848년 오스트리아 헝가리 제국의 침입을 물리친 크로아티아의 영웅인 반 엘라치차(Van Jelacica) 장군의 동상이 광장 중앙에 자리잡고 있다.

구시가를 지나다 만난 거리의 악사.

이곳에서 연주하는 당신은 행복합니까?

그가 나에게도 묻는다.

당신은 이곳에 오니 행복합니까?

성 스테판 성당
2개의 첨탑이 있는 네오고딕풍의 화려한 건축물로
13세기 프레스코화, 르네상스 시대의 교회 의자,
대리석 계단과 바로크풍의 설교단 등으로 유명하다.

CRO

남성의 정장 차림을 완성해주는 넥타이.

그 유래는 17세기의 크로아티아로 거슬러 올라간다.

전쟁터로 나가는 사랑하는 아들에게, 사랑하는 연인에게 정성스럽게 수를 놓아 목에 매주었다는 넥타이.

사랑하는 이의 안전과 무사귀환을 기원하는 마음으로 시작하였던 넥타이가 이제는 멋과 예절을 위한 장신구가 되었다.

VII
VIII
X
XI
XII
I
II
III

폴란드에서 온 그 덕분에 일정을 변경하였고
나는 다른 세상을 만났다.

덕분에, 도이치 시장을 보았다.
덕분에, 케이블카를 탔다.
덕분에, 성 마르코 성당의 알록달록한 지붕을 보았다.
덕분에, 낮 열두시를 알리는 대포소리를 들었다.
덕분에, 시인 마토스를 만났다.
덕분에, 인심 좋은 민박집 주인을 만났다.
정해진 일정을 따르지 않는다 해서 세상이 망하는 것은 아니다.

H Z

장바구니를 머리에 인 아낙네를 보면서, 나도 모르게 기형도의 시를 중얼거리고 있었다.

“열무 삼십 단을 이고 시장에 간 우리 엄마 안 오시네…”

해가 저물도록 “찬밥처럼 방에 담겨” 천천히 천천히 숙제를 하지만 오시지 않는 엄마를 기다리는 소년의 마음이 내 마음인 양 절절했던 시…

도이치 시장 입구의 이 동상 앞에서 기형도를 떠올리는 것은 자연스런 일일 것이다.

TEATAR NA TREŠNJEVCI TNT
PARK STARA TREŠNJEVKA 1
JUDITH FRENCH
AJDARED
DOMAĆA JABUKA
6
6
ne bacajte novce!
pričajmo tomato
COPALMA
PREMIUM BANANAS

머리가 벗겨진 중년의 사과 장수는 우리네 옆집 아저씨같다.
동전 몇 개로 사과 두 알을 산다.
아삭아삭 씹어 먹는다.

달다.

도이치 시장
자그레브에서 가장 유명한 시장으로 매일 아침 7시면
어김없이 과일과 치즈, 꽃 등을 사고 판다.

현대적인 도시의 화려한 거리에서 불과 1분만에 중세의 모습을 간직한 언덕 위 마을로 '시간 여행' 을 떠나게 해주는 파랑색 우스피냐차 푸니쿨라.
수백년 전부터 구시가 지역으로 물건을 오르내리기 위해서 만들어진 후 지금은 여행자들의 낭만을 실어 나르고 있다. 천천히 올라가는 푸니쿨라의 창밖으로 자그레브 시내가 한눈에 들어온다. 잠시 후 16세기의 나지막한 언덕 위에서 21세기를 내려다 본다.
두브로브니크의 바다 위에 있던 태양의 기운이 이곳에도 가득하다.

우스피냐차 케이블카 Zet Uspinjaca
신시가와 구시가를 연결해주는 교통수단. 원래는 구시가로 물건을 운반하기 위해 만들어졌다가 점차 사람을 나르는 교통수단으로 바뀌었다. 자그레브 시내를 조망할 수 있다.

1841.

성 마르코 성당을 사진으로 처음 보았을 때 마치 여러 색의 털실로 짠 것 같은 지붕이 예쁘다고만 생각했다.
이곳이 크로아티아 자그레브에서 가장 오래된 성당이라는 것도, 지붕에 새겨진 것이 3개의 크로아티아 국가 문장이라는 것은 훨씬 나중에야 알게 되었다.
어느 건물이든 역사와 전통을 담기 위해 노력하는 그들의 모습이 경이로웠다.

성 마르코 성당
13세기에 만들어진 성당으로 크로아티아와 자그레브를
상징하는 지붕의 형형색색의 타일이 유명하다.

크로아티아가 사랑한 문학가 A.G.마토스…
자그레브가 한눈에 내려다보이는, 구시가 언덕받이의 한 벤치에 그가 앉아있다.
빨간 넥타이를 두른 채 말이다.
마흔을 넘기자마자 암으로 세상을 떠야 했던 그는,
얼마나 하고 싶은 말들이 많았을까.
얼마나 쓰고 싶은 글들이 많았을까.
다재다능했던 그를 기억하며 사람들은 가장 전망이 좋은 곳에 그의 자리를 마련해주었다.

살짝, 그의 옆자리를 탐해본다.
꼭 한 사람만 더 앉을 수 있는 벤치에, 그와 나란히 앉는다.
가만히 그에게 귀기울인다.
…

A. G. 마토스
켑톨 지역 언덕길에 있는
시인 마토스(Matos)의 기념물.

sunce se ponovo rađa
MASSIMO
PROMOTIVNI KONCERTI
RIJEKA 30/10 četvrtak /stereo/
ZADAR 31/10 petak /arsenal/
ZAGREB 04/11 utorak /klub aquarius/
TWILIGHT SAD
13.11
ČETVRTAK
AQUARIUS
kontrapunk.t
plays jazz
sleep walker live
MUSIC ABUSING
24.10.
20:00h
MOČVARA PREDSTAVLJA...
PONEDJELJAK 20.10.2008.
TOKIO HOTEL
Yeah!
Budimo zajedno!

BOYS GORICA

성장하면서 나는, 다섯 번 길을 잃었다. 아니다, 어쩌면 나는 길을 잃은 것이 아니라 새로운 길을 찾아나선 것일지 모른다. '이 곳' 이 아닌 '저 곳' 을 꿈꾸었기 때문일지 모른다.
내가 다섯 번 '이 곳' 이 아닌 '저 곳' 을 꿈꾸며 새로운 길을 찾아 나서는 동안, 내 부모는 지옥 같은 심정으로 다섯 번 나를 찾아 '이 곳' 과 '저 곳' 을 뒤지며 눈물바람을 했던 터라, 나는 어렸을 때부터 "역마살이 끼었다" 는 다소 요사스런 말을 듣고 자라야 했다.
저 멀리 누군가 여행가방을 들고 가는 것만 봐도 마음이 들썽거렸다. 찬란한 봄햇살에 차마 눈을 뜨지 못할 때 마음은 이미 어딘가를 헤맸다. 끝도 없이 나를 부추기는 '떠남' 으로의 충동. 나는 그것에서 자유롭지 못하다. 서른에 잔치는 끝났다던 최영미의 시구는 내게 옹색한 변명이 된다. "길을 잃어본 자만이 다시 시작할 수 있다"
(최영미의 시「나의 여행」中)

Outro

낯설었던 그곳이 조금씩 익숙해지기 시작한다는 것은 떠날 때가 되었다는 신호다.
이들의 미소가 조금씩 익숙해지기 시작한다. 크로아티아 화폐인 '쿠나' 를 쓰는 일이 익숙해지기 시작한다.
이제, 떠날 때가 되었나보다…

And…

아드리아해를 따라 이어지는 작은 도시들.

하나같이 아름다운 곳이다. 미처 지면에 담지 못한 도시 몇 곳을 기억하며 당신과 내가 다시 그곳을 바라보기를 꿈꾼다.

로빈 Robinj

북부 아드리아해 연안과 이스트라 반도 서부 연안에 위치한 옛 도시 로빈.

도시 입구에 저 있는 아치를 통해 마을로 들어서면 우뚝 솟은 로빈의 상징인 성유페미아 성당의 종탑 아래에서 오랜 세월을 함께 살아온 사람들의 소박하고 정겨운 삶을 만날 수 있다. 작은 골목을 누비며 다니다가 생각지 못한 풍경을 발견하는 즐거움이 있는 곳이다. 로빈은.

시베니크 Sibenik

약 천년 전 구축된 도시로 인구 5만의 작은 항구도시인 시베니크는 볼거리가 많은 곳이다. 여름엔 아이들의 축제가 열리고, 시베니크 중세축제와 달마시아 음악회, 그리고 무엇보다 유네스코 세계문화유산으로 지정된 15세기 고딕·르네상스건축인 성야곱 대성당이 하얗게 빛나는 곳이다.

풀라 Pula

수도인 자그레브에서 버스를 타고 4~5시간을 달리면 도착하는 풀라는 크로아티아 북쪽 해안가에 자리한 조그마한 마을로, 과거 로마의 지배를 받던 시기의 유적지가 잘 보전되어 있다. 특히 2만 5천여명의 수용이 가능했던 원형경기장Arena과 세르기우스 개선문이 유명하다. 역사적인 장소를 찾아온 사람들과 아름다운 해변에서 휴가를 즐기려는 사람들로 많은 사람들이 모여드는 곳이다.

프리모스텐 Primosten

'다리를 놓다'라는 뜻을 지닌 1,700명이 모여 사는 작은 마을인 프리모스텐은 자다르에서 약 2시간 소요되는 곳으로, 크로아티아인들이 가장 아름다운 휴양지 중 하나로 꼽는, 바다 위에 떠 있는 듯한 곳이다.

무수한 외세의 침략을 받던 달마시아 지방 사람들이 이 섬에 정착하면서 마을이 형성되었는데 바닷가로 툭 튀어나온 자그마한 두 개의 반도가 육지와 가늘게 연결된 말발굽 모양의 마을은 아드리아해를 배경으로 아름답게 빛난다.

LOVE
ME
TEN
DER

행복이 번지는 곳
크로아티아

지은이 | 백승선, 변혜정

펴낸이 | 모계영
펴낸곳 | 도서출판 가치창조
편집 | 박지연
일러스트 | 정윤현

1판 1쇄 펴냄 | 2009년 5월 11일
개정판 1쇄 펴냄 | 2012년 11월 15일
2판 3쇄 펴냄 | 2014년 2월 20일

출판등록 | 제406-2012-000041호
주소 | 서울시 마포구 모래내로7길 12, 405 (성산동)
전화 | 070) 7733-3227 팩스 | 02) 303-2375
이메일 | shwimbook@hanmail.net
블로그 | http://blog.naver.com/gachi2012

 ISBN 978-89-6301-014-4 03810
책값은 뒤표지에 있습니다.

'쉼' 은 도서출판 가치창조의 여행전문브랜드입니다.

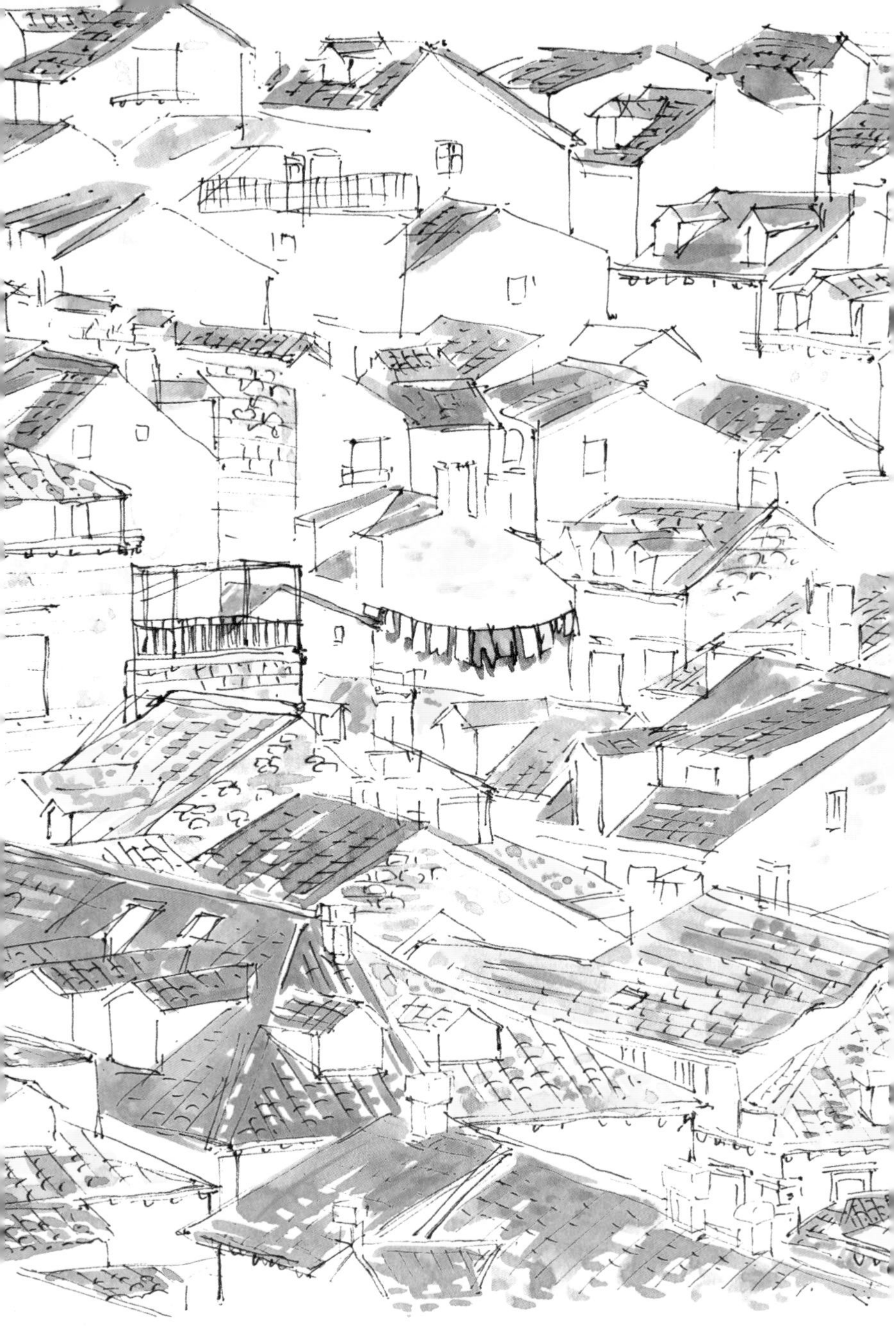